KB106295

아침밥 얻어먹는 것이
사치가 되어버린 세상

아침밥 얻어먹는 것이
사치가 되어버린 세상

발행일	2015년 3월 30일

지은이	현 득 규		
펴낸이	손 형 국		
펴낸곳	(주)북랩		
편집인	선일영	편집	이소현, 이탄석, 김아름
디자인	이현수, 김루리, 윤미리내	제작	박기성, 황동현, 구성우
마케팅	김회란, 박진관, 이희정		
출판등록	2004. 12. 1(제2012-000051호)		
주소	서울시 금천구 가산디지털 1로 168, 우림라이온스밸리 B동 B113, 114호		
홈페이지	www.book.co.kr		
전화번호	(02)2026-5777	팩스	(02)2026-5747

ISBN	979-11-5585-544-7 03810(종이책)		979-11-5585-545-4 05810(전자책)

이 도서의 국립중앙도서관 출판예정도서목록(CIP)은 서지정보유통지원시스템 홈페이지(http://seoji.nl.go.kr)와
국가자료공동목록시스템(http://www.nl.go.kr/kolisnet)에서 이용하실 수 있습니다.
(CIP제어번호 : CIP2015009465)

아침밥
얻어먹는 것이
사치가
되어버린 세상

유정 현득규 시집

북랩 book Lab

서문

    하루하루 평범한 나날이 거듭되는 동안 나는, 비록 습작 수준의 글이지만 글을 쓰다 지우는 고된 노동을 반복했다. 그러는 사이 어느덧 1년이 흘렀다.

    누구에게 보여주기 민망한 글이라 이 원고를 출판할까 망설였지만 내 나름 소중하게 써내려온 글이라 몰고沒稿를 하기가 무척 아쉬웠다. 주변에서 일상적으로 일어나는 일들을 글로 표현한다는 것이 내겐 많이 부족하고, 쉽지만은 않았지만 나름대로 쉽게 표현하려고 했다. 이 시들은, 글은 누구나 쉽게 읽고 공감할 수 있어야 한다는 생각에 충실한 결과물이다. '저 정도는 나도 쓸 수 있겠다.'고 독자가 '피식' 웃고 넘길 수 있는 그런 가벼운 글이었으면 하는 바람이다. '시'라는 장르를 빌어 주변의 사물과 소통도 해보고 '내' 입장이 아닌 '너'의 입장에서 다시 한 번 뒤돌아볼 수 있는 좋은 시간이 아니었나 싶다.

밝고 맑은 영혼으로 살아가기를 간절히 바라며 순수하고 때 묻지 않은 삶을 꿈꾸어 본다.

바보라 들어도 양보하며 살 수 있는 그런 삶! 조금은 부족하지만 넉넉함을 잃지 않으려 애쓰며 살아가고 있다.

2015년 이른 봄
남아 있는 삶의 소중한 길목에서
유정 현득규

차 례

현득규의 시집

아침밥 얻어먹는 것이
사치가 되어버린 세상

바위보다
무겁다는
눈꺼풀 비비며
아침을 맞이한다

국물에 밥 말아 먹던
기억은 저 멀리
가버리고

언제부턴가
밥 대신
간편식에 익숙해져 있지!

식탁 위엔
식빵, 쨈, 콘푸레이크,
미숫가루 등

언제부턴가
생활이 아닌
사육 당하는 느낌!

언제부턴가
살기 위해서
먹는다는 느낌!

눈이 즐겁고
입이 즐겁고
맘이 행복한

밥상을
맞이하고 싶다

너무 복에 겨운 소리인가!
간땡이 부은 소리인가!

아침밥 얻어먹는 것이
사치가 되어 버린 세상!

컴퓨터의 노예가 되어버린 나

난
오늘도
어김없이
on 스위치에
손이 가고 있지!

실시간으로
올라오는
뉴스도 보고
가십 거리도   마누라
눈팅을 하지!   남편 없이는 살아도
                   너 없는 세상
허전함 달래려   상상도 안 된다 하지!
게임 속
상상여행을 하지!   너의 노예가 되어 버린 나
                   사슬 끊어 내지 못하고
                   너의 주변
                   맴돌고 있지!

어둠이 내려앉은 거리

어둠이 내려앉은 거리
바람이
나의

몸을 스쳐 지나며
노크를 한다

깜짝
놀란 손은
어느새
옷깃을 여민다

바람은
외로운가 보다

홀로 선 내 모습

저벅 저벅
내 몸이 흘러간 곳

이름 모를
역사 앞
그 앞에 섰다

몸을 실은
열차 안
홀로 선 내 모습
낯설고 서럽다

그렇게
서 있다

그리움

하나
둘
떨어지는 잎새

차마
떨어지기 싫어
몸부림친다

그러면
그럴수록
약해지는 잎새

그러면 그럴수록
초라해지는 잎새

그 잎새는
기다림

그 잎새는
그리움

자전거

앞바퀴가 비틀비틀 걸어간다
조그만 농로를 지나
텅 빈 들판을 바라보며
하염없이 걷는다

밑에 있던 돌부리
한 수 거든다
'덜커덩'
조심하라고
한 눈 팔지 말라고

넘어지지 않으려
흔들리지 않으려
무던히도 애쓴다

뒷바퀴가
뒤뚱뒤뚱
굴러간다

옆에 있던 갈대
비웃듯
물끄러미 바라보고 있다

바람에 춤추며
유혹한다

의식을 했는지
온 몸에
힘이 들어가 굳어짐을 느낀다

나쁜 짓 하다가
들킨 것처럼

그렇게
자전거는 달리고 있다
자전거는…
자전거는…

농다리 가는 길에

아침 일찍
옷을 여미고
바람을 가르며
자전거에 몸을 던져본다

잠잠하던
풀숲 사이
푸드득 하며
참새 떼가
놀라 군무를 한다

덩달아
신이 난
이슬도 함께 춤을 춘다

뼈대만 남은
앙상한 나뭇가지는
겨울이 싫은가 보다
외로움이 싫은가 보다

가을걷이가 끝난
들녘은
서글프다

서글픈 마음은
이슬 되어 떨어진다

아침밥 얻어먹는 것이 사치가 되어버린 세상

19

풍경

한 평 남짓
조그마한 공간
숨죽이며
세상을
엿보고 있다

지나가는 사람들
모두 바쁜가 보다

한손에 가방
또 다른 손은
바쁘게 춤을 춘다
발걸음이 빠르다

'땡그렁 땡그렁'
멀리 교회당 종소리
정겹게 들려온다

재잘거리며
지나가는 아이
뛰어가는 아이

활기찬 모습에
덩달아 나도 즐겁다

고요한 정적이 흐른 후
정적을 깨는 소리

지나가시며 한 마디
거드는 할머니
"장사는 잘 되우~"

빙그레 웃으며
"그럼요"
맞장구친다

혼자인 줄 알았는데
혼자가 아니었나 보다
외로운 줄 알았는데
외로운 게 아니었나 보다

초평호

어둠이
희미하게 거치며
희뿌연 연기
호수를 감싸며
물 위로
모락모락 피어오른다

날씬한
갈대는
몸을 흔들며
몸매 자랑이 한창이다

억새는
함께하자며
앙탈이다

스르르
물결이 다가와
간지럼 태우며
인사를 한다

물 위를 거니는
물오리 가족

흥에 겨운지
합창을 한다

함께여서 좋은가 보다

정적을 깨우는
자동차 소리

'푸드득'
'푸드득'
물오리 가족

물을 박차고 튀어 오른다
순간
아수라장
고요가 깨진다

아침밥 얻어먹는 것이 사치가 되어버린 세상

상념

아침햇살
온몸으로 받으며
오늘도
페달 밟으며 하루의 문을 연다

발바닥은
죽어라 돌아가고
숨은
헐떡헐떡 차오른다

안경에
뿌연 연기 비추며
쉬어가라 한다

무심코
바라본 잠잠한 호수
잠시
상념에 잠기게 한다

물 위에 비친
햇살은
따스함보다는
강렬함으로
날
밀어내고 있다

고요함 속
들려오는
새벽 닭소리
나를 깨우고 있다

겨울비

찌뿌둥
몸이
내 맘처럼
잘
움직이질 않는다

창 너머 빗물은
창을 세차게 때리고 있다

이불 속 여행이 한창이다

내 마음 아는 듯
가슴까지 추적추적 내리고 있다

가시나무 위
이름 모르는 새
흠뻑 젖어 있다

바람에 흔들리는
나뭇가지에
내 맘을 들켰다

땅 아래 대지는
늦은 겨울을 준비하고 있다

아~
몸이 무겁다

첫눈

출근준비 분주하다
주섬주섬
옷 입고
회사로 향하는 길

하늘에서
하나둘씩 떨어져
내 머리에 노크를 한다

반가운 인사를 한다
1년 만의 인사

참
오랜만에 만나는 친구

항상
설레이는 친구
그리운 친구

얄미울 때도 있지만
온몸으로 널 반기지
잠깐 왔다 갈 건지
한참 있다 갈 건지 대답이 없다

나의 눈가에
새하얀 그림 펼쳐놓고 갔으면…

해바라기

하늘만 바라보는
난
해바라기

흐린 날은 풀이 죽어
고개 들지 못하고
축 처져
슬픔에 젖어

화창한 날은
절로 베시시
웃음 짓는
난
해바라기

언제나
내 님만 바라보는
난
해바라기

운동장

차갑고
스산한 바람

텅 빈 운동장
한 켠을 응시하고 있다

'덜거덕덜거덕'
흔들리는 스탠드
바람을 마주보고 있다

철 지난 잔디는
노랗게 염색을 하고
바람과 함께 놀자며
윙크를 한다

바람은 귀찮은 듯
들은 채도 않는다

흰 눈이 내려와
잔디에 속삭이고 있다
친구 하잔다

잔디는 얼굴을 찡그리며
콧방귀를 꿔지!

잔디는
애처로이 손짓을 한다

바람은 귀찮은 양
담벼락 너머로
넘어가 버린다

잔디는
바람의 뒷모습만
바라보고 있다

넋을 놓고서…

리모컨

항상 함께하고픈 너
서로 차지하려고 분주하다

아침엔 엄마가
대장이 되고

오후엔 아이가
대장이 된다

그렇게 난 사랑을 받는다

화풀이 대상이 되어
갈기갈기
찢길 때도 있지만
그건 잠시 지나는 폭풍

때론
사랑을 확인하고파
숨어 있으면
너의 애간장을 태운다

안절부절 어찌할 줄 모르는 너

그땐 사알짝
얼굴을 내민다

잊지 않고 찾는
널 위해
사랑 담아 전한다

욕심

넌 누구니

내 맘을 흔드는
넌 누구니

버릴려고
애쓰면 쓸수록
점점 더 다가오는
넌 누구니

어떤 땐
성공이란 이름으로

때론
욕망이란
이름으로 다가온 너

널 볼 때면
천사도 보이고
악마도 보여

이런 날
혼란스럽게 하지

두렵기도 하고
서글프기도 하지

넌
늘 함께하면서
날
짓누르고 있지

이젠 날 놓아 줘
멀리멀리
떠나갈 수 있도록

제발…

고향 생각

고향
정겨움이 있는 곳
다방구
얼음 땡
고무줄 놀이
함께하던 친구

봉국이, 은성이, 만숙이, 병용이
애란이, 복동이

어릴 적 그 친구들이 그립다

그 시절
동무들의 깔깔깔
웃음소리
내 귓전을 때린다

어둠이 내린 줄도 모르고
놀이에 푸우욱 빠져 있다

이마엔
때 국물이 흐르고
몸은 뿌연 먼지와 땀에 절어
땀 냄새 내 코를 찌른다

멀리 엄마의 외침이 들려온다
그만 놀고 밥 먹으라고 성화다

내 귀엔 들리지도 않는다
희미해진 친구들의 얼굴

보고 싶은 친구들
하나하나
떠올려 보고
빙그레 웃음 짓는다

나만의 추억여행

가슴속 행복이
보글보글 피어오른다

아침밥 얻어먹는 것이 사치가 되어버린 세상

시장풍경

장바구니 들고
시장으로 향하는 길

사람들 모습이 분주하다

콧바람 불며 둘러보는 이
흥정에 정신 팔린 장사꾼
시끌벅적 와자지껄
활기가 넘쳐나는 곳

얼굴 돌려 바라본 곳   사과는 빨간 입술을 내밀며
과일가게 앞   유혹을 하고,
                            노랗고 기다란 바나나
형형색색 울퉁불퉁   향기로 날 유혹한다
계절과일들
자기자랑이 애처롭다   유혹에 빠져
                            난
                            매일 매일 시장에 간다

벤치

햇볕이 길게 늘어진
놀이터 한 켠

텅 빈 벤치에 앉아
생각에 잠겨 있는 너

그림자와 함께
긴 침묵이 흐른다

마치
넋 나간 사람처럼

눈 풀린 모습으로
한 곳을 바라보고 있다

지치고
힘들어 하는 이

위로하려고
그렇게 서 있다

쉬어가라
몸을 내어준다

지치고
다친 마음 풀고 가란다

진천

'두근두근'
설레임에 찾아든 곳

어느새, 반 년
세월이 참 빠르다

낯선 시선과
냉랭함으로 나를 반기던
진천

시간이란
시침 속에
조금씩 조금씩
한 무리로 녹아들었지

수많은
만남 속에
정이 들고

때론
사랑도 배우며

하루
또 하루를 보냈지

헤어짐은 썰물처럼

멀리 멀리
밀려가 버리고

슬픔은 가슴을
후비고 지나가지

이별이란 또 다른
만남을 기약하는 것

다시
만날 날을
고대하면서…

초겨울

호숫가 가장자리
살얼음

반갑다며
사알짝 손을 내민다

반겨주는 이
없는가 보다

모두들
거들떠보지도 않고
외면을 한다

두리번거리며
주위를 살핀다

관심 가져 달란다

물 위의 비오리

따듯한 남쪽으로
떠났는지

님 찾아 떠났는지
보이질 않는다

텅 빈 호수가
물끄러미
물결만 바라본다

속삭이듯
작은 인기척

조용히
멀리서 내 모습
살피고 있다

금방 녹아
사라지는 살얼음인 양

의심하듯이…

잔설

무심코
돌아본 산허리 그늘 밑
소복히 쌓인 너

스쳐 지나는
날
잠시 멈추라 손짓을 한다

뽀하얀 속살   산등성에 걸린
한 폭의 풍경화   햇님은 질투하는지

내 눈을   내 눈을 가리며
호강시킨다   눈을 흘긴다

                    보지 말란다
                    자기 꺼라고!

여명

어둠 속 희미하게 보이는
검붉은 빛
조금씩, 조금씩
내게 다가온다

혼자 걷는 길 외롭지 말라며
살며시 다가와
어깨를 툭 치고 지나간다

고속도로 위
차들은
어디로 가는지 분주히 달리고

공장 옆 굴뚝엔 흰 연기
허공을 가르며
아침을 알린다

겨울바람

반겨 주는 이 없이도
언제나 시간 맞춰
찾아오는
너

네가
올 때쯤이면
하나 같이 바쁜 양
이리저리 부산스럽지

내 볼에
사랑 달라 달려들지만
그러면 그럴수록 더
외면을 하지

내 마음은
널
반기고 싶은데…

첫 만남

'두근두근 콩탁콩탁'
심장이 요동을 친다

너를 마주하는 날
밤새
'이리 뒤척 저리 뒤척'
네 모습 떠 올리며 잠을 설쳤지

언제나
처음이란 문구는
날 몹시 흥분시키지

조금은 두렵고 설레이지만
평범한 일상 속에서
나를 깨우지…

겨울의 길목

논두렁 옆
옹기종기 모여 있는
이름 모를 잡초

찬 서리에 풀 죽어
늘어져 있고

이슬 먹은 억새
삶이 버거워 보이네

달맞이 꽃
씨 흩어 뿌리며
다음을 준비하네

고꾸라진 나뭇가지 위
까치가족
구슬피 울어 대고,
몇 개 남지 않은 잎새

한들한들
날
사알짝 스치고 지나가지

변덕쟁이

당신은 변덕쟁이
하루에도
열두 번 마음이 변해
내 마음 심난하게 하지

어떤 날은 희희낙락
어떤 날은 놀부심술

당신은 변덕쟁이
마음 가는 대로
몸이 가는 대로

천방지축 날뛰는
당신은 변덕쟁이

놀려대며 웃고 있는
당신은 심술쟁이

턱걸이

멀리 운동장 한 켠
주뼛거리며 서 있는 너
매달려 보라 유혹을 한다

용기 내어 다가서지만
두려움 반, 호기심 반

두 손에 힘 실리고   이마 위 땀방울
팔뚝엔   또르르 굴러
시퍼런 힘줄 드러나지   바닥에 입맞춤 하지

허공을 향해 춤추는   날 보며 애처로운 듯
두 발   힘을 내란다

                                    차마
                                    눈맞춤 하지 못하고
                                    물끄러미 바라만 보고 있다

                                    가는 세월 잡지 못하고

함박눈

바람 타고 왔는지
사뿐히
내려앉은 너

이마에
사알짝 내려와
안부를 묻고 있네

꼬맹이
콧잔등에 앉아
간지럼도 태우고

지붕 위에 앉아
세상 구경 한참이네

아이들은
솜사탕 같다며
환하게 웃고 있지

어른들은
치울 생각에
근심만 쌓이고 있지

나무 위
소복히 쌓인 너

내 근심
덮어주고 가네

사랑

순백의
순수가 어울리는 너

무지개
신기루 같은 너

잡힐 듯
잡힐 듯
손 내밀어 보지만
잡히지 않는 너

너의 모습
웃을 땐 사랑스럽고
애교스럽지

때론
화도 나고, 분노도 느끼지

널
떠올리며
행복한 미소 지으려
애쓰고 있지

해우소

별칭이 여럿인 너

변소도 되었다
똥간도 되고
천덕꾸러기 되어
늘
놀림을 받지

꼭 필요는 하지만
반기지 않는 너

묵묵히
할일 다하는
고마운 너

너의 소중함
잊지 않을게!

텐트

막대 하나
천 한 조각

가진 건 딸랑
이것 하나뿐인데

넌
아련한 추억
나에게 선물을 하지

아이들 놀이터가
되어주기도 하고

여름날
그늘막 되어
쉬게 해주는

넌
고마운 친구

너로 인해
행복한 추억

차근차근
쌓여만 가지

도마

부엌 한 귀퉁이
새우잠 자며
우두커니 앉아 있는
너

언제나
불러 주기를 고대하면서
숨죽이고
기다리고 있지

내가 부르면
신명이 나
'뚝딱뚝딱'
'슥슥슥'

리듬에 맞춰
맞장구치는
넌
천성 춤꾼이지

있는 듯
없는 듯
드러나지 않지만

내 곁을
늘 지켜 주는
넌
센스쟁이

식탐

오늘만 먹고
내일부터 줄여야지

다짐하고 다짐하지

새해에 약속했던   머리는
그 약속 새까맣게   줄이라 줄이라
잊어버리고   요구하는데

무심코   두 손은
바라본 손   너에게 향하고 있지

치킨, 햄버거   너의 향기에
가득하네   유혹 당하지

                        난
                        점점 더 불어만 가지

수요일(물)

천 가지
재주를 가진 너

오늘은
빗물로 변장을 하고
나타난 너

태풍으로 변해
심술 부릴 때도 있지만

가뭄으로 애태울 땐
장대비로 선물을 하지

천 가지
재주를 가진 너

어제는
눈물로 살며시 다가와
벅찬 가슴 조용히
달래 주고도 가네

천 가지
재주를 가진 너

내일은 어떤
변신을 할지 궁금해지네

아침잠

아침잠 깨우는
요란한 알람 소리
내 귓전을 때린다

눈꺼풀은 천근만근
자꾸자꾸
내려만 가지

게으른 몸뚱이   창문 넘어
이불 속   햇살 밀려 들어와
헤매 다닐 때   조심스럽게 인사를 하지

두 번째 알람   빨리 일어나라고
재촉을 하지

                          밝아 오는 아침
                          오늘도
                          난
                          뚜벅뚜벅 출근을 하지

도전

'기우뚱 기우뚱'   실패도 있었고
외줄타기 즐기는 너   좌절도 맛보았지

아무도   그래도
가지 않는 길   멈추지 않는 너

혼자 가겠다   곁에서
고집 부리지   바라보는 난

돈키호테 같은   작은
못 말리는 너   격려뿐이네

구불구불
오르막 내리막
힘도 들건만

묵묵히
걸어가고 있네

목표

한 해   게으름 아닌지
마무리하는 끝자락   작심삼일 아닌지

연례행사로   곰곰이
다짐하던 그 약속   곱씹어 보네

나를 위한 시간   하루하루
내어 본다고   충실했으면…

그렇게 약속했는데
지키지도 못하고
세월만 흘러가 버렸네

무슨 핑계
그리도 많은지
변명뿐이네

나무

들녘 외로이 서 있는
너

지나가던 차가운 바람
옆구리 스치고 지나간다

외로운 모습
보이지 않으려
애써 웃음 짓는 너

왠지 짠하다

고개 숙인
너의 뒷모습

서글픈
이내 마음

눈물이 핑
눈가에 젖는다

화초

거실 한 쪽
'소곤소곤' '쑥덕쑥덕' 소리에

잠에서 깨어 살며시
귀 귀울여 본다

난초는
몸매 자랑

매화는   자랑거리 없지만
얼굴 자랑   열심히
                         들어 주는 너

수줍어 얼굴 들지 못하고
조용히   행운을
듣고 있는 너   가져다주는
                         너

                         입가에
                         엷은 미소 짓고 있지

핸드폰

'만지작만지작'   그리운 님 소식엔
일어나 잠들 때까지   밝은 미소 피어오르고

손에 붙어서   스팸 문자 전화엔
떨어지지 않는 너   찡그린 인상

잠시라도 떨어져 있으면   언제부턴지
바로 조바심 나지   넌
                                      족쇄 아닌 족쇄가 되어 버렸지

네가 없는 세상
상상도 못 해

하루에도
열두 번
귀 귀울이네

기다림

후미진 골목길
누군가 기다리는
애처로운 눈길

'두근두근'
다가서지만
기다리는 이 아닌 듯

날마다
날마다

풀 죽어
고개 떨구네

서성이는 이 보이네

외로워 보였는지
가로등 불 밝혀
함께해 주네

멀리
길모퉁이
그림자 보이고 인기척 들리네

크리스마스

전파사 앞 요란한
음악소리

날
잠시 멈추게 했지

지금은
음악소리 들리질 않네

지나가는 사람들
들은 척도 안하고
무심히 지나가고 있네

설레이며 기다리던
크리스마스

지금은 음악소리
듣기 어렵네

관심 갖는 이
없어 보이네

자동차

고속도로 출근길
'부르릉~'
'윙윙윙~'
깜짝 놀라 바라본 곳

내가 탄
달리는 자동차

보닛 앞
굉음 울리며

흰 연기 뿜어 오르고
잠시 후
수증기 한참을 뱉는다

사고다
사고

황급히 차에서 내려
가쁜 숨 내쉬어 본다

아~
살았다

문득
떠오르는 생각

돈 돈 돈
백만 원

아~
내 돈~

서울의 겨울아침

넌
참 반가운 친구

오랜 만에 만나
기쁜 마음에 안부 묻지만

무심한 얼굴로
대하는 너
어색하고 낯설다

활기찬 모습
항상 함께하던 너

너의 당당한 표정에
난
푸우욱 빠져 있었지

이제는 그런 모습
보이질 않아
날 슬프게 하네

아침밥 얻어먹는 것이 사치가 되어버린 세상

짧은 휴일

힘들고
지친 나에게
긴~
휴식 주고 가는 너

네가
올 날을
손꼽아 기다리며

난
한걸음 한걸음
다가가고 있네

널 그리면
행복한 미소 베어 나오네

너에게 빠져
시간 가는 줄 모르네

달콤한 시간
잠시뿐이고
훌쩍 떠나 버리는 너

난
널 잡지 못하네

다시 올
널
묵묵히 기다리고 있네

병

아무런 준비도 없이
갑자기 다가온 너

피하고 싶은데
보고 싶지 않은데
그럴 수가 없네

넌
불청객 되어
조용히 다가오지

고통도 주고
웃음도 주는
너

내겐
찾아오지 말기를

간절히
기도 하네

아침밥 얻어먹는 것이 사치가 되어버린 세상

안경

네가 없는 세상
상상도 못 해

잠들 때 빼곤
함께하는 너

나의
손발이 되어 주곤 하지

앞 못 보는 이
빛 되어 주기도 하고

어떤 날은
패션의 완성

팔색조 같은 넌
센스쟁이

생生과 사死

고속도로 위의 출근차량   정상속도 100km
'휴~'   였더라면

긴 호흡   이 세상 사람이
한참 동안 이어진다   아니라는
                              생각이 드는 순간

며칠 간격으로
이어진 자동차 사고   온몸에 소름이 돋았지

고마운 안개   시속 20km
내 생명 이어 주었네   네가 날 살렸네

천운!
천운이었다

달리던 자동차

'덜커덩' 하는 소리와 함께
멈춰 버렸지

돈 돈 돈

넌
도깨비 같은 존재

기쁨과 슬픔
동시에 쥐고서
웃고 울리는 동전의 양면

널 쫓아 오늘도
헤매 다니지

네가 뭔데!

없으면 불편하고
있으면 허세 부리는

야누스 같은 존재

넌
그냥 하나의
종이일 뿐인데!

애써
의미부여
하고 싶지 않다

2014년 12월 31일 마지막 날에

한 해 마무리 짓는
마지막 하루

이제
몇 시간 남지 않았네

하늘도
아쉬운 듯 새벽부터
눈송이 뿌려주고 가네

365일
바쁘게 달려왔지

날마다 날마다
좋은 일만
있기를 바랐겠지만

기쁨, 슬픔, 행복, 분노
이것들이 모여

하루하루
채워주었지

아쉬움이 아닌
또 다른 시작
기대하면서…

아침밥 얻어먹는 것이 사치가 되어버린 세상

술 술 술

시끌벅적 여기저기
삼삼오오 모여
이야기 나누는 소리 요란하다

잔 기울이며
건배하는 이

고개 숙여
졸고 있는 이

그 속에서 살며시
인생을 본다

너로 인해 기쁨
두 배가 되기도 하고

너로 인해
슬픔 반으로 줄기도 하지

하찮은
술이라지만

희로애락
나와 함께하지

얼굴

하루 일과 마치고
집으로 향하는 길

지나가는 사람들
표정이 제각각이다

무슨 이야기 그리도 즐거운지
깔깔거리며 웃음 짓는 여고생들
즐거워 보인다

무표정한 얼굴로
앞만 보고 바삐 걸어가는
아저씨, 아줌마   이런 날엔
삶이 고달파 보인다   생각나는 얼굴

마치   그리운 얼굴
내 모습 보는 것 같아   보고 싶은 얼굴
마음이
뭉클해 온다   어머니…

하루하루 삶

누군가 말했지
왜 사냐고?

누군가 말했지
행복하냐고?

뜬구름 같은 질문에
난
답할 수 없었지

성공하려고 산다
애들 땜에 산다
대출이자 갚으려고 산다
먹으려고 산다
돈 벌려고 산다

수많은
궁색한 변명들

답할 수 없었지

손

네가 지나간 자리는
마술에 걸리지

없던 것도 생기고
있던 것도 사라져 버리지

넌 요술쟁이

내가 필요할 땐 나타나
도움 주는 해결사 되지

때론
귀찮게도 굴지만
내 마음 알아주는

넌 요술쟁이

잘 살고 있니?

어느 날
친구의 안부전화
잘 살고 있니?

아프지 않으면
실직하지 않으면
잘 사는 건지

어떻게 살아야   잘 사는 건가!
잘 사는 건지
                      무소식이 희소식
하루하루   잘 사는 거란다
평범하게 사는 삶
                      정말
                      무소식이 희소식
                      잘 사는 걸까?

2015년 새해

소복히 쌓인 눈 위에
한걸음 한걸음
첫 발자국 남기며
새로운 시작을 알린다

지난 묵은 때
덮어 버리고

새로운 옷
갈아입고서

밝게 웃어보자
'하 하 하!'

하루하루가 쌓여
일 년이 되듯이

그렇게 천천히
걸어가 보자

자!
이제 시작이다
힘차게 외쳐 보자

'파이팅이라고!'

상처

개나 줘도 물어가지
않을 자존심

쥐뿔도 없으면서
자신감 하나로 버텨왔지

툭 던진 말
비수 되어 깊은 상처만 남아

내 가슴 속으로
후비고 들어왔지

지나가는 바람처럼
스쳐 지나가지만
피멍 들고 쓰라리다

치료법 찾지 못해
헤매이다 갈기갈기
찢기고 찢겨 사라지지

발가벗겨진 모습
보인 것 같아

숙인 고개
들어야 하나
말아야 하나

시선 둘 곳 몰라
어쩔 줄 모른다

미안하고 미안하다
보듬어 주고 또닥거려 주어야
했었는데…

나의 작은 그릇
널
담아주질 못했네

미안하고 미안하다

난
참 못났다

장갑

장롱 속
꼭꼭 숨겨둔 너

추운 겨울 날
내 친구 되어준

1년 만의 인사
투정 부릴 만도 하건만
포근히 감싸 주네

고마운 친구

때론
물에 젖어
축 늘어지기도 하고

때가 묻고 헤어져
버려지기도 하지만

늘
너의 역할
충실히 하는 너

피곤

눈꺼풀이 천근만근
더 무거운 게 또 있을까

쏟아지는 잠
애써 외면하지만

고개는 꾸벅꾸벅
자동으로 인사하네

지난밤
어떤 사연 있었기에

병든 닭처럼
처량하게 졸고 있네

아침밥 얻어먹는 것이 사치가 되어버린 세상

한 번의 실수,
실패도 용납되지 않는 사회

매스컴에선
하루가 멀다 하고
사업에 실패하고 신음하는
가슴 아픈 소식들이 들려오고 있다

극단적인 선택을 하는
이들도 심심치 않게 들려온다
남의 일 같지 않아
가슴이 시려온다

누가 실패는
성공의 어머니라고
이야기 했던가

실수도 실패도
너그럽게 보듬어 주고
다시 재기할 수 있는
사회를 꿈꾸어 본다

한 번의 실패가
인생의 낙오자가 아닌
커다란 경험이 되어
더 멀리 뛸 수 있는
발판이 되기를
간절히 소원해본다

'소도 비빌 언덕이
있어야 비빈다'는
속담도 있듯이
실수가 용납되는
따뜻한 사회를 기대해본다

스팸 문자

'딩동' '딩동'
요란하게 들리는 알림소리

반가운 마음에
손이 간 핸드폰

확인 후
육두문자 저절로
튀어나온다

대출 문자	하루에도 수십 번
보이스피싱	스팸문자에
야한 문자	내
	인내심 테스트하지
	반가운 이의
	행복한 소식
	따듯한 소식 받아 봤으면…

잠깐의 휴식

넌
설탕 같은 존재

짧은 만남으로도
분수처럼 엔돌핀 뿜어 나오고

널 만나면 달콤해져
얼굴에 미소 머금지

행복이 보글보글
피어오르는

네가 없는 날이면
괴로워 몸부림치고

넌
설탕 같은 존재

널 찾아
투정 부리지

네가 있어 참 좋다

스팸

'지글지글'
'치이익~'

프라이팬 위 향기 피우며
'노릇노릇' 몸을 달구는 널 대하면

코가 즐겁고
눈이 즐겁다

고소한 향기 풍기며
유혹하는 너

너를 받아들이는
난
오감이 들썩거리지

네가 좋아 널 찾지만
이내 몸은 자꾸자꾸 부풀어 올라
날 괴롭혀오지

너의 유혹에
난
넘어가 버리지

아~
살찌는 소리

고삐 풀린 망아지

넌
고삐 풀린 망아지인 양

이리저리 천방지축
날뛰고 있지
제멋에 겨워 흥얼거리지

그런 널
지켜보는 난

조바심에 솜털까지
곤두서 있지

어디로 튈지 모르는
럭비공 같아 불안해 하지

구속과 관심

보고 싶은데 보지 못하고
갖고 싶은데 갖지 못하네

넌
구속하지 말라 몸부림치지

올가미로 꽁꽁
옭아매고 있다 하네

번갯불에 콩 구워   구속 아닌 관심이란 걸
먹지 말라 하네   알지 못하네

                          족쇄 아닌 고리라는 걸
                          믿지 못하네

                          난
                          보고 싶은데
                          만지고 싶은데…

보릿자루

어두운 밤
'부스럭부스럭'
소리 나는 쪽으로 귀 쫑긋
세워
가만히 들여다본다

자루 속
자리싸움 치열하다

드넓은 벌판에서
자유롭게 살아온 너

좁디좁은 이곳
얼마나 갑갑하고 답답할까

따뜻한 봄날
푸른 벌판에
살며시 널 놓아 줄게

감기 몸살

'으슬으슬' '덜덜덜'
솜방망이 물에 젖은 듯
천근만근인 몸

고춧가루 뿌린 듯
쓰라리고 따갑다

표시 내지 않으려
애써 무표정한 얼굴 짓고 있지

먹고 사는 게 뭔지!
흐…
힘든 하루…

서글프고 서럽다
서러운 하루

푸른 바다

바닷가 모래사장
시선 머문 곳

멀리 수평선 넘어
갈매기 한 마리

누굴 찾아 헤매이는지
날갯짓 한창이다

물보라 일으키며
다가오는 파도

안부 전하고   살을 에는 바람
서둘러 되돌아간다   날 보며 놀아 달란다

                              못 들은 척
                              살며시 자리 비우며
                              뒤돌아 윙크를 하지

사랑 속엔

사랑이란 두 글자
참 묘하기도 하지

그 속엔

인생도 있고
미소도 있고
행복도 있지

잡고 또 잡고 싶지만
잘 잡히지 않는 넌 신기루

달콤함에 사알짝 숨어
넌
분노, 슬픔
호시탐탐 날 시험하며 흔들고 있지

웃음도 주고 슬픔도 주는

넌 참
매력 덩어리

사랑만 하고
받고만 싶은

난
욕심쟁이

소주

회식 있는 날
빠지지 않고
항상 내 곁에 남아 함께하는 너

어떤 날은
폭탄주도 되고

어떤 날은   부어라 마셔라
소맥도 되지   흥에 겨워

                     어깨춤을
                     추게 하는 너

                     오늘도
                     너의 매력에 빠져

                     비틀비틀
                     온 세상 춤추게 하지

잠 못 드는 밤

세상과 싸우다
쉴 곳 찾아 머무네

지쳐 쓰러질 만도
하건만

넌
잠 못 들고 헤매이고 있구나

많은 시간 흘렀는지
검붉은 여명

손짓을 하네

아침밥 얻어먹는 것이 사치가 되어버린 세상

둥지

나뭇가지 위
얼기설기 엉켜 있는
작은 보금자리

아늑하고
예쁜 집은 아니지만
넌 공을 들였지

'지지베베 지지베베'
새끼들 배고프다
아우성
귓전에 맴돌고

분주히 움직이는
널 보고 있노라면

자식 향한 부모마음
사람이나 짐승이나
다를 것이 뭐 있으랴!

사랑의 열병

보고 싶다
보고 싶다

가슴 터질 만큼

눈 감아도 너의 잔상
눈가에 남아
날 설레게 하지

사랑한다   너의
사랑한다   향기에 취해 비틀비틀
                        사랑에 취해 갈팡질팡
가슴 시릴 만큼
                        미치도록 보고 싶고
                        사랑한다

                        사랑은
                        이성을 잃게 하지…

목욕탕

바람 불고, 쌀쌀한 오후
따뜻한 온기 찾아
두리번두리번

눈에 띄는 간판
목욕탕

향수에 젖어
불쑥 들어갔지

어릴 적 추억에
절로 미소 머금지

뜨거운 김
모락모락
피어오르고

움츠렸던 몸
사르르 녹아내리며
무장해제 되어버리지

묵은 때 벗겨내며
새로운 추억
만들어가지

문자 메신저

'카톡' '카톡'

카톡 오는 소리

반가운 지인의 카톡
안부 묻는다

시시콜콜 일상 이야기
시간 가는 줄 모르고 있지

온 종일
핸드폰에서
손 떠나질 않고

수신음 소리에
귀 쫑긋 곤두서 있네

그리운 님
소식
이제나 저제나

맘 졸이며
기다리고 있네

로또 1등

꿈과 희망이란 이름으로
네게 다가서고픈 나

널 만날 상상만으로도
몹시 흥분이 되지

매일매일
네 모습 그리며

만날 날
학수고대하고 있지

꿈속에서라도
만나고 싶은 너

널 위해
간절히 기도를 하지

보고 싶은 너
만나고 싶은 너

소심

밴댕이 소갈딱지라
놀림 받는 너

작은 일에도
상처 받아 괴로워 하지

여리고 여린 너
순진한 건지 모자란 건지

넌 그렇게
살아가고 있지

철부지

뜬금없이 밥 사달라
투정부리는 넌
철부지

불쑥불쑥 쳐들어가 술 사달라
땡깡 부리는 넌
철부지

막무가네 사랑 달라
외쳐대는 넌
철부지

사리분별
가리지 않는 넌
철부지

어디로 튈지 모르는
럭비공 같은 넌
철부지

고집

고래 심줄보다
더 질긴 고집부리는 너

힘들고
험난한 길
애써 가려는 너

비단길
마다하고
가시밭길 고집하네

너의 신념
변하지 않기를
기도할 뿐이네

겨울 속 가랑비

어둑어둑
땅거미 내리고

부슬부슬
가랑비 내리는
텅 빈 거리

홀로 선 가로등
어둠을 밝혀주네

지나가는 행인들
모습은 제각각
발걸음 재촉하네

반가운 마음에
널 반기려 나섰지

촉촉히 파고드는
널
온몸으로
맞이하지…

잠 못 드는 밤, 비는 내리고

모두가
숨죽이며
내일을
준비하는 시간

어둠이
어지러운 세상
덮어버린 시간

넌	소리 없이
무슨 생각	내리는 너
그리도 많아	
쉽게 잠들지	날
못하고 있니!	위로하려는 듯
	내 마음
	적셔주고 가네

향기로운 똥

"엄마"
"나 똥 쌌어"
"오~"
"우리 애기 잘했어요"
"참 착하기도 하지"
"예쁘게도 쌌네"
"냄새도 구수하고"

똥이라고
다
더럽지만은 않습니다
사랑이 담기고
정으로 덮이면
더러운 똥

구수하고 향기로운
존재로 거듭나겠죠

혹
부모님 똥
더럽게 느끼시는 분
있으신가요?

어릴 적 부모님은
자식 똥 더럽다
생각 않으셨죠!

술 한 잔의 여유

구불구불
골목길 지나
찾아간
낡고 허름한 선술집

주인장
반갑게 날 반기네

막걸리 한 잔에
김치 한 조각
'후루룩 뚝딱'
잔을 비우지

한 잔의 술에
근심걱정
날려 버리지

찜질방

'쨱각쨱각'
초침 넘어가는 소리
요란하게 들린다

시간은 자정을
훌쩍 넘어
새벽으로 달리고 있지

넓은 공간 덩그러니
혼자 남아
시계소리 듣고 있지

넌
잠 못 이루고 있지

가족은 가족인데 가족이 아닙니다

퇴근 후
방안 풍경은 제각각
아내는 TV에 정신이 없고

큰 아이는 컴퓨터에
작은 애는 핸드폰
모두가 열중하고 있지

언제부턴지
대화는 없고
컴퓨터
핸드폰에 빠져
헤어나오질 못하고 있지

나른한 오후
부추전으로 소일거리 하고 있다

일요일 오후
방바닥에서
이리 뒹굴 저리 뒹굴
무료한 시간 보내고 있다

아점 먹은 지 한참이다
입이 궁금하다
냉장고 문 열었다 닫았다를
반복하고 있다

야채 칸에
숨죽이고 있는 부추 발견!
'와우'
간식으로 부추전
해 먹어야겠다

애호박, 매운 고추
깻잎 넣고 반죽을 했지!

'지글지글'
고소한 냄새 풍기며
익어가는 부추전

벌써부터 목구멍에선
침이 '꼴깍꼴깍' 넘어가고
있지!

골뱅이 무침엔 소면이지

식초와 설탕
고춧가루가 만나
함께 버무려지지

새콤달콤에
매콤까지 더한 너

생각만 해도 목구멍 속으로
'침이 꿀꺽' 넘어가 버리지

아삭아삭
오이 곁들여 올라가니
진수성찬 부럽지 않네

눈과 입이 호강을 하지

산해진미 아니어도
행복해 하지!

월요일

꿀맛 같은
짧은 휴식 후
만나는 너

안절부절
혼란스럽지

따끈한 커피 한 잔에
일상으로 돌아가지

전쟁터 같은 일상이 시작되고
난
오늘도
살아남기 위해

처절한
몸부림이지!

화요일엔

힘든 월욜 지나
두 번째 요일
언제 그랬냐는 듯
몸은 쉽게 적응하지

언제나
틀에 박힌 일상
다람쥐 쳇바퀴 돌 듯
같은 자리 맴돌고 있지

무의미한 시간
보내지 않으려 고민하고 있지

나만의
시간여행
힐링 여행 떠나려

오늘도
낯선 거리
찾아 나서지!

'불타는 금요일'(불금)

주말의
시작을 알린다

사람마다
생각이 제각각
행동도 제각각

어떤 이는
추억 만들려
여행준비도 하고

어떤 이는   여기저기 기웃거리며
빌딩 숲   썩은 냄새
하이에나가 되어   맡고 다니지

                    넌
                    불금에
                    무얼 꿈꾸고 있니?

토요일

넌
내게 있어 힐링이요

안락함을 선사하는
의자와도 같은 존재

널
만나는 날
기대에 부풀어 있지

어떤 날은
산에도 가고

어떤 날은
바다에 풍덩

네가 있음에
난
행복해 하지

갈매기 날으는
푸른 바다에 가고 싶다
다람쥐 뛰노는
깊은 산골 머물고 싶다

일요일과 한국 아빠

아이들의   아~
요란한 소리에   쉬고 싶다
깜짝 놀라 눈을 뜬다

                         착한 아빠 아이들과
모처럼의 휴일   잘 놀아줘야 되고
긴 꿈속여행
떠나고 싶었지   착한 남편은
                         돈 잘 벌어 와야 되지…

아이들 성화에
졸린 눈 비비며   난
주섬주섬 옷을 입는다   착하지 않은가 보다 후후후

뭐가 그리 좋은지
신이난 아이들

한국에선
아빠들에겐
휴일이 없지

회색 도시 속 외로운 하이에나

자욱한 안개로
시작한 하루

멀리 희미하게
보이는 빌딩 숲

앞이 보이질 않는
칠흙 같은 회색 도시

그 속에
홀로 남은 나

반겨 주는 이 없어
기계와 대화를 하지

피폐한 영혼
달래 줄
한줄기 빛 찾아
떠돌고 있지

한적한 곳 찾아
힐링하고 싶다

친구

친구란 이름으로
참 많은 이들과
맺고 있는 인연

세월의 뒤안길에서
얼굴 떠올려
그려 보고 있지

소싯적 친구들
학창시절 친구들

일일이
열거할 수 없는
많은 친구들

소중한 나의 친구들

외롭고, 힘들 때
벗 되어 준 친구

보고 싶다
친구야!

흔들리는 마음

바람에
나부끼는
갈대와 같이

내 마음
흔들흔들

텅 빈 가슴
채워줄
작은 하트 하나
눈에 띄어
날 설레게 하네

관심인지
주책인지
두근거리는 심장
애써 진정시키지

목요일(나무)

오늘은
나무의 날

숲이 없는 세상
생각만으로도
끔찍하지

하나부터 열까지
온몸 던져
다 베풀고 있는 너

추운 날
널 태워
따뜻한 안식처 주고

더운 날
그늘 되어
날 위로하지

산소 같은 너

네가 있어
참 행복해 하지!

한 잔의 술

가볍게 한 잔 하려
찾아간 곳
조그마한 호프집

낯모르는
이들과의 인연

적막한 침묵
잠시 흐르고
어색한 상황 피하려

주거니 받거니
잔은 돌아가고 있지

이야기꽃 피우며
웃음 향기 퍼져 나가지

한 잔 술에
삶의 한 페이지
그려 넣고 있지

숙취에 개고생

두통이
쓰나미처럼
밀려오고

온몸이
몽둥이로 두들겨
맞은 것처럼 아프다

제정신을 차릴 수가 없다

거울에 비춰진
초췌한 모습

넌
왜 그랬냐며
쓴웃음만 짓고 있지

얼큰한 해장국이
어른거린다

아침밥 얻어먹는 것이 사치가 되어버린 세상

고단한 삶

하루 12시간
한겨울
칼바람 맞으며 일해도
앞이 보이지 않는 삶

사회 구조가 문제인지
네가 문제인지
분간이 가질 않는다

고된 노동 뒤
되돌아오는 건
목구멍에
풀칠하기도 어렵다

고된 노동 뒤
따라 오는 건
질병, 허무, 무능, 불신

너는 왜?
그러고 있니!

꽃샘 추위에 그리운 사람

영하로 떨어진 기온
바람까지 매섭게
불어대고 있다

어릴 적
아궁이 불 지펴

뜨끈한 아랫목
만들어 주시던
아버지가 그립다

무뚝뚝한 표정에   오늘 같은
잔정은 없어도   쌀쌀한 날씨엔

깊은 사랑   아버지의
주시던 아버지   사랑이 담긴

따뜻한
장작불이 그립다

아침밥 얻어먹는 것이 사치가 되어버린 세상

127

추억 속의 설날

새 옷에 운동화
세뱃돈
기름진 음식
음식 귀한 시절에
마음껏 먹을 수 있었던
설날
손꼽아 기다렸지

대가족이 모여
시끌벅적
날 새는 줄 모르고
웃음꽃 피웠지

그 시절
참 좋았었는데…

그 시절이 그립다

풍요로운 오늘
지금 너의 설날 풍경은

행복하고 즐겁니?
서글프고 외롭니?

봄비

촉촉히 내리고 있는 너
꽃 피고 새 우는
봄
재촉하고 있구나

네 몸 던져
얼어붙은 대지
녹여 주고 가는 너

이 비 그치고 나면
따뜻한 봄
찾아오겠지!

메마른 내 마음
적셔 놓고 가는 너

응어리진 내 가슴
다 풀어 놓고 가렴!

빨리빨리

빨리빨리
퀵 퀵
외쳐대는 세상

느리면
처질 거라
압력 주는 세상

일
먹거리
휴식까지도
빨리빨리 아니면
안 되는 세상

'빨리빨리!'
'빨리빨리!'

널 따라 다니다
지친다
지쳐!

널 쫓아다니다
늙는다
늙어!

조금 느려도
여유로운 삶
그런 삶을 살고 싶다

푸른 바다 보러 가야겠다

속초 대포항

콧바람 쐬러
바다 보러 가잔다

행복한 시간
한아름 모아

방학이라
늦잠 자던 아이들
아침 일찍부터
분주하다

추억 속에
담아 두웠지!

모처럼의
가족 나들이
신이 나 있다

찾아간
속초 대포항

갈매기
노래하며
우릴 반기지!

야식

TV에 9시 뉴스   '냠냠냠'
진행되고 있는 시간   맛나게
                                      먹으니 입이 즐겁다

리모컨
돌아가는   '살살살'
손이 요란스럽다

                                      살찌는 소리
아이들   몸은 난리가 났다
야식 먹자고
노랠 부른다   '참아야 되는데'
                                      '참아야 되는데'

피자 치킨
족발 보쌈   오늘도
다양한 메뉴들   마음만
                                      소리 없이 외치고 있다

오늘은
보쌈으로 당첨

미용실 첫 나들이

늦둥이 데리고
첫 미용실 가던 날
새록새록 떠오른다

무섭다!
난리 치던 기억

미용실 입구부터
울구불구
난리였지

오늘은
막둥이와
미용실 가는 날
즐거운 나들이

예쁘게 잘라 달라
요구도 많다

훌쩍 커버린 막둥이
건강하고 밝게 자라렴

넋두리와 치맥

하루 일과
마무리 할 시간

늦은 저녁 겸
겸사겸사
호프집으로 향했지!

어제가
오늘 같고
오늘이
내일 같은 일상

또 하루를 보내고 있지!

고단한 하루를 달래며   도란도란
맥주와 치킨 한 조각   너스레 떨고 있지!

                  하루의 피곤함
                  확 날아가 길 바라면서…

점심시간

짜장을 먹을까?
짬뽕을 먹을까?

김치찌개
된장찌개
순두부백반

무엇을
먹어야 하나?

고민 아닌 고민을
매일매일
반복하고 있지

'도시락'
'싸가지고 다닐까?'
'아~'
'넘 불편하겠지!'

점심 한 끼에
별의별 생각이 다 난다

오늘의 메뉴는
김밥에
컵라면으로 결정

밥 한 끼 먹는 것
참 어렵다

누군가에게는
행복한 고민이겠지!

아침밥 얻어먹는 것이 사치가 되어버린 세상

행복한 저녁을 향해 달리는 당신

6시 땡치고
퇴근하는 사람들
얼마나 있을까?

6시 땡치고
집에 가는 사람들
얼마나 될까?

핵가족 사회를 넘어
1인 가족 사회로
달리고 있는 지금!

오늘도
내일을 위해
달리고 있는 너

행복한

저녁을 위해

묵묵히 달리는 너

너에게 박수를 보낸다

주 1회라도 가족과 함께하는

행복한 저녁을 꿈꾸어 본다

아침밥 얻어먹는 것이 사치가 되어버린 세상

당신은 어떤 사람입니까?

당신은
어떤 사람입니까?
즐거움을 주는 사람입니까?

당신은
어떤 사람입니까?
스트레스 주는 사람입니까?

당신은
어떤 사람입니까?
기쁨을 주는 사람입니까?

당신은
어떤 사람입니까?
사랑을 주는 사람입니까?

당신은

어떤 사람입니까?

보고 싶지 않은 사람입니까?

어떤 이에겐

기쁨도, 사랑도 주고

즐거움도 주고 있겠지요!

어떤 이에겐

스트레스도 주고

보고 싶지 않은 사람이겠지요!

당신은

어떤 사람입니까?

음악 속에 인생이

정오를
알리는 시간

가는 겨울
시샘이라도 하는지
바람이 세차게
불어대고 있다

따사로운 햇살 찾아
양지바른
벤치에 앉아 있는 너

핸드폰 뮤직룸에선
감미로운 음악
흘러나오고 있네!

음악에 취해
시간 가는 줄 모르고 있지!

허전한 이내 마음
채워주고 있지!

한겨울 눈 녹이듯
시린 가슴
스르르 녹아내리고 있지!

김치찌개

쌀쌀한 날씨에
몸이 움츠러든다

얼큰하고
짭짤한 김치찌개가
갑자기 먹고 싶어졌다

지인에 부탁을 해　　　　　　'보글보글'
귀한 김장김치 좀 얻었지　　찌개 끓는 소리
　　　　　　　　　　　　　　내 귀가 정겹다

김치와 스팸 한 덩이
고추가루가 전부다　　　　　냄새로 맛보고
　　　　　　　　　　　　　　눈으로 맛본다

　　　　　　　　　　　　　　밥 한 그릇이
　　　　　　　　　　　　　　게 눈 감춘 듯 뚝딱이다

　　　　　　　　　　　　　　행복에 겨워
　　　　　　　　　　　　　　혀가 춤추고 있다

아침밥 얻어먹는 것이 사치가 되어버린 세상

헬스장

겨우내
움츠렸던
몸을 깨우려
3개월 만에
스포츠 센터를 찾았지!

체중계에 올라
몸무게 체크해본다
1킬로그램 오버다

느낌은
10킬로그램 이상
불어난 것 같다

건강을 위해
운동은 매일매일 해야
한다는 것을 알면서도

이 핑계, 저 핑계
무슨 핑계가
그리도 많은지
변명만 하고 있지!

핑계와 함께
몸은
점점 더
불어만 가지!

나이와 함께
병만 늘어만 가지!

아프지 않은 곳
없다 하지!

세상살이 어렵다 어려워

내 마음대로
할 수 있는 것이
얼마나 있을까?

묵묵히 살고 싶은데
조용히 지내고 싶은데
세상은 날 귀찮게 하네

세금 내라는 청구서
가스요금 청구서
전기요금 청구서

…

무슨 놈의 청구서가
그리도 많은지
청구서에 파묻혀 살아가고 있지!

펑펑 사치하며
사는 것도 아닌데
아끼고 아껴도
소득보다
지출이 많은 세상

욕심 아닌 욕심이라면
열심히 일한 만큼의 소득!

육신은 지치고
가슴은 허하고
영혼은 피폐해져 가고 있지!

바람이 전하고 가는 말

마음 흔들어 놓고
다니는 너

무뚝뚝한 사람도
권력 가진 사람도
새침데기 아씨도

널 만나면
두 손 들고
항복을 하지

솔솔 부는 봄바람
휘파람불며 널 찾아 떠나지!

뜨거운 열기!
한여름 밤의 짜증!
한방에 날려버리는 너

살랑살랑 가을바람
널 만나면
어디론가 훌쩍
떠나고 싶은 충동
느껴지지!

가슴 도려낼 듯
칼바람 몰고 다가오는
반갑지 않은 너!
양날의 칼을 지니고 있지!
온정과 비정함!

넌 참
변화무쌍도 하지!

바람 & 불륜
다르면서도 같은 느낌

아침밥 얻어먹는 것이 사치가 되어버린 세상